Analyse de l'œuvre

Par Nathalie Roland
et Johanna Biehler

Les Fourmis

de Bernard Werber

lePetitLittéraire.fr

Rendez-vous sur lepetitlitteraire.fr et découvrez :

Plus de 1200 analyses
Claires et synthétiques
Téléchargeables en 30 secondes
À imprimer chez soi

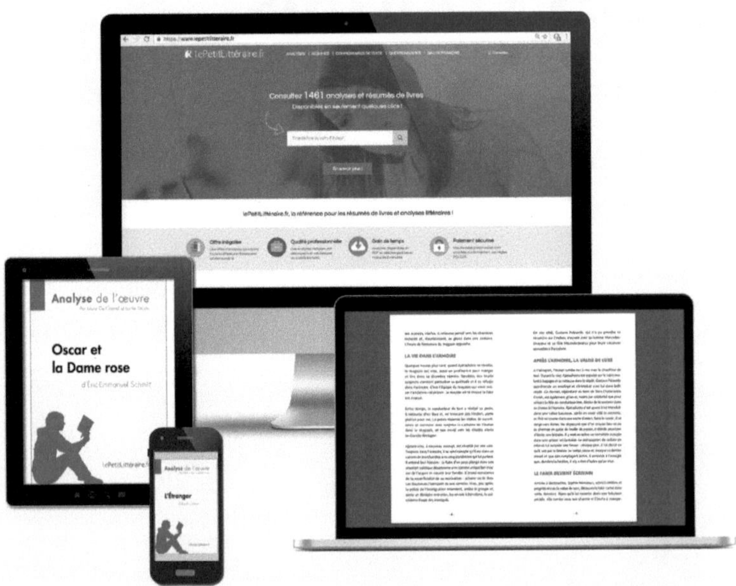

BERNARD WERBER

ÉCRIVAIN FRANÇAIS

- **Né en 1961 à Toulouse (France)**
- **Quelques-unes de ses œuvres** :
    - *Le Jour des fourmis* (1992), roman
    - *Le Père de nos pères* (1998), roman
    - *Troisième humanité* (2012), roman

Bernard Werber a suivi des études de criminologie et de journalisme. Il entreprend une carrière de journaliste scientifique puis se lance dans l'écriture de romans qui mêlent mythologie, spiritualité, philosophie et sciences. Quel que soit le thème abordé (les fourmis, l'évolution, la mort), l'homme reste constamment au centre des préoccupations et des recherches de l'auteur.

Dans ses livres, Bernard Werber explore allègrement diverses formes d'écriture : le roman policier (*Le Père de nos pères*), le merveilleux (*L'Empire des anges*, 2000), la science-fiction (*L'Ultime secret*, 2001), ou encore la nouvelle (*L'Arbre des possibles*, 2002), et les mêle même parfois au sein d'un même roman, comme c'est le cas pour *Les Fourmis*.

LES FOURMIS

UN ROMAN DE PHILOSOPHIE FICTION

- **Genre** : roman
- **Édition de référence** : *Les Fourmis*, Paris, Le Livre de Poche, 1993, 343 p.
- **1ʳᵉ édition** : 1991
- **Thématiques** : société, écologie, éthologie, philosophie, science-fiction

Publié en 1991, *Les Fourmis* est le premier tome d'une trilogie consacrée à l'univers de ces insectes, qui comprend également *Le Jour des fourmis* (1992) et *La Révolution des fourmis* (1995).

Les Fourmis raconte les aventures de Jonathan Wells, neveu de l'entomologiste (scientifique qui étudie les insectes) Edmond Wells qui a mis secrètement au point un dispositif pour communiquer avec les fourmis.

Le livre invite le lecteur au cœur d'une enquête à propos de disparitions mystérieuses tout en lui présentant, en parallèle, le quotidien au sein d'une fourmilière nommée Bel-o-kan. En interrompant son récit par des extraits des recherches du professeur Edmond Wells, qu'il présente à la manière d'énoncés scientifiques, Bernard Werber convie surtout son lecteur à une réflexion sur la place de l'homme au sein du monde, sur sa finitude et sa condition sociale. En ce sens, *Les Fourmis* tient quelque peu du conte philosophique.

Ce roman au succès international a été adapté en bande
dessinée en 2000.

RÉSUMÉ

Le roman de Bernard Werber double le récit des aventures de Jonathan Wells par un autre, celui du quotidien d'une fourmilière. En outre, à cette interruption du cours du premier récit s'en ajoute une autre, celle des longues citations d'articles issus de l'*Encyclopédie du savoir absolu et relatif* de l'entomologiste Edmond Wells.

Pour rendre le résumé plus clair, nous avons choisi de séparer les chapitres concernant les hommes et ceux concernant les fourmis en deux parties distinctes. Une troisième section résume l'épilogue du roman.

CHEZ LES HUMAINS

Jonathan est un jeune homme introverti qui vient d'hériter de l'appartement de son oncle Edmond. Il y emménage avec sa femme, Lucie, leur fils, Nicolas, et leur chien, Ouarzazate. Une lettre laissée par son oncle l'avertit qu'il ne doit « JAMAIS ALLER À LA CAVE » (p. 21). Mais, constatant la disparition de son chien, Jonathan décide de braver l'interdit. Il n'en ressort que huit heures plus tard avec le corps de Ouarzazate, qui a été dévoré par les rats. Depuis, il se sent attiré par cet endroit et décide d'y retourner à plusieurs reprises, jusqu'à sa disparition : « C'est ma plongée, c'est mon chemin. » (p. 61)

Ne voyant pas son mari revenir, Lucie part à sa recherche dans la cave. Les heures passent et, comme personne ne remonte du sous-sol, Nicolas avertit la police. L'inspecteur

Galin et les pompiers partent à la recherche de Jonathan et de Lucie et disparaissent à leur tour. Nicolas est alors envoyé dans un orphelinat, duquel il s'enfuit. Il rentre chez lui, pénètre dans la cave et disparait également.

La directrice de la police judiciaire, Solange Doumeng, apprend ces disparitions et critique violemment l'inefficacité du commissaire Bilsheim, responsable de l'affaire. Accompagné d'autres agents, celui-ci décide alors d'examiner la cave, mais tous disparaissent. Solange ordonne finalement que la pièce soit murée.

Selon les vœux de son fils Edmond, Augusta, la grand-mère de Jonathan, emménage dans la maison familiale. Elle invite le professeur Leduc, un ancien collègue de son fils, à mener son enquête. Celui-ci descend à la cave et en remonte 24 heures plus tard, sans avoir rien trouvé qui éclaire le mystère. Augusta, qui ressent instinctivement une animosité envers Leduc, n'est pas étonnée que celui-ci échoue à résoudre l'énigme.

CHEZ LES FOURMIS

Les fourmis rousses de Bel-o-kan sortent de leur hibernation. La fourmi mâle 327e est recrutée avec d'autres pour une expédition en vue de ramener de la nourriture et de rompre ainsi le jeûne de l'hiver. Au retour, toutes décèdent sauf 327e. Cette dernière pense qu'il s'agit d'une attaque des fourmis naines de Shi-gae-pou, réalisée grâce à une arme secrète.

Rentrée au sein de sa fourmilière, 327e cherche alors à avertir les autres, mais aucune sœur ne lui prête attention, pas même la reine Belo-kiu-kiuni. La situation ne s'arrange guère pour lui : pour avoir donné l'alerte, il est pris en chasse par deux fourmis, mais réussit tout de même à s'échapper. Il parvient toutefois à convaincre une femelle, 56e, du danger qui menace la fourmilière. Aidées d'une guerrière, l'asexuée 103 683e, elles réalisent que des espionnes à l'odeur de roche (car c'est par son odeur particulière que la fourmi reconnait son adversaire) se cachent parmi elles. Très vite, le groupe est à nouveau pris en chasse par les fourmis ennemies. Il apprend plus tard que les soldates réunies par 103 683e pour découvrir la vérité à propos de l'arme secrète ont été tuées.

Leurs recherches sont momentanément interrompues parce qu'une cité fille de Bel-o-kan a été attaquée par les fourmis naines : la guerre est donc déclarée. Le combat impitoyable se solde par de lourdes pertes, mais la cité fille est libérée.

Peu après, les fourmis sexuées sont appelées pour la re-production. 56e découvre que 327e a été assassinée par les fourmis à l'odeur de roche et interroge les deux tueuses : ce sont des « soldates anti-mauvais stress » (p. 159) qui défendent l'unité du groupe. Elles sont envoyées par la reine Belo-kiu-kiuni pour garantir la survie de la fourmilière.

56e décide de partir pour se reproduire et affronte les dangers du monde extérieur (les oiseaux, les animaux aquatiques, l'araignée et sa toile, la tortue). Elle fonde sa propre colo-nie, Chli-pou-kan, et se choisit un nom pour son nouveau statut de reine : Chli-pou-ni. Peu à peu, la cité s'agrandit. La reine veut en faire « un pôle d'avant-garde » (p. 237), mais Chli-pou-kan est attaquée par les fourmis esclavagistes. La reine envoie alors sa meilleure guerrière, 801e, à Bel-o-kan.

De son côté, 103 683ᵉ continue l'enquête sur l'arme secrète. Elle apprend par une vieille fourmi, 400ᵉ, que les termites ont des informations à ce sujet. Ensemble, elles interrogent la reine des termites qui leur révèle que des « animaux étranges, très rapides et très féroces [sont apparus et qu'ils sont] les gardiens du bout du monde. Ils sont armés de plaques noires qui écrabouillent n'importe quoi [et utilisent maintenant] des gaz empoisonnés » (p. 228). 103 683ᵉ et 400ᵉ décident alors de partir découvrir le bout du monde. Quand elles l'atteignent, elles découvrent une « terre maudite » (p. 259).

Réalisant qu'il est impossible de créer des colonies au-delà de ce point, 103 683ᵉ décide de rentrer à la fédération. Elle se rend dans la cité de Chli-pou-ni. À Bel-o-kan, la reine a fait assassiner tous les émissaires de Chli-pou-ni, mais 801ᵉ découvre une ville sous la ville et parvient à revenir dans sa cité.

LE SECRET DE LA REINE

Dans le monde des hommes, Augusta cherche à résoudre l'énigme de la cave d'Edmond Wells. Avec Jason Bragel, le meilleur ami d'Edmond et le professeur Rosenfeld, un collègue entomologiste, qu'elle a appelés en renfort, ils explorent la cave. Après avoir franchi avec succès les obstacles rencontrés, ils pénètrent dans un temple où Jonathan les accueille.

Celui-ci leur explique que tous les disparus sont avec lui et qu'ils communiquent avec les fourmis grâce à une invention de l'oncle Edmond : le Docteur Livingstone. Il s'agit d'une réplique de fourmi reliée à un spectromètre de masse. L'ordinateur analyse les phéromones émises par les fourmis puis les transcrit en langage humain et inverse le processus quand un humain veut s'adresser aux insectes.

L'invention est vitale pour la communauté souterraine, car les obstacles ont été conçus par Wells – et réalisés par Jonathan – de telle sorte qu'ils ne permettent pas de remonter de la cave. Wells ne voulait en effet pas que sa découverte soit exposée au monde trop tôt, redoutant les ravages que pourrait faire quelqu'un comme Leduc. Ce dernier souhaite en effet appliquer les principes d'organisation de la fourmilière au monde des humains afin de transformer les individus en esclaves. Enfermés sous terre, les aventuriers sont dépendants de la fourmilière pour leur nourriture et doivent donc, pour leur survie, conserver de bonnes relations avec les insectes.

Dans le monde des fourmis, Belo-kiu-kiuni se souvient de sa rencontre avec les humains. Celle-ci éprouvait de l'intérêt pour leurs technologies et avait décidé de garder cette rencontre secrète.

Lorsque deux enfants incendient la fourmilière, causant la mort de la reine, Chli-pou-ni devient la nouvelle Belo-kiu-kiuni, reine de toutes les fourmis. Ne comprenant pas pourquoi les humains ont tué sa mère, elle décide d'interrompre toute communication avec eux.

ÉTUDE DES PERSONNAGES

LES HUMAINS

Edmond Wells

Edmond Wells est un personnage décédé qui n'apparait qu'au travers des témoignages des autres protagonistes et des extraits de ses recherches. Scientifique « généraliste » (p. 34), il veut tout comprendre, surtout les mécanismes les plus fondamentaux (les horloges, les bactéries, etc.). Il apparait dès son enfance comme quelqu'un d'original qui a des difficultés à se conformer aux règles et à l'autorité : à l'école, il travaille uniquement dans les matières qui l'intéressent et, plus tard, il ne supporte pas la hiérarchie.

Indépendant et solitaire, voire misanthrope, il ne veut pas s'enfermer dans un système et prétend qu'« il faut penser différemment, [car] si on réfléchit comme d'habitude on n'arrive à rien » (p. 19). Fasciné par les fourmis (« Qu'y a-t-il de plus beau qu'une fourmi ? », p. 102), il parvient à mettre au point un système pour communiquer avec elles. Mais il garde cette découverte secrète, estimant que seuls certains esprits initiés et purs de tout désir de s'approprier ou de pervertir son invention méritent l'accès au savoir.

À cette fin, il laisse, après sa mort, à l'intention de Jonathan, une série d'instructions afin que ce dernier construise une suite d'obstacles destinés à sélectionner les membres de la future communauté souterraine.

Jonathan Wells

Jonathan Wells est le neveu d'Edmond. Serrurier sans emploi, il apparait comme un « froussard » (p. 10). C'est l'antihéros par excellence : un homme complètement banal, qu'aucune qualité ou capacité ne démarque spécialement et auquel le lecteur, par conséquent, s'identifie sans difficulté. Son caractère introverti le rend taciturne, mais lui ménage toutefois une grande capacité d'écoute.

La découverte de la cave le transforme profondément : au fur et à mesure de ses visites, il se replie sur lui-même et abandonne sa famille, jusqu'à sa disparition. Mais lorsqu'il réapparait à la fin du roman, c'est un homme nouveau qui a trouvé son équilibre au sein d'une communauté, même s'il est condamné à passer le reste de sa vie sous terre.

Augusta Wells

Augusta est la mère d'Edmond et la grand-mère de Jonathan. Adepte de la verveine, elle vit dans le passé depuis la mort de ses enfants. Quoiqu'elle soit lassée par la vie actuelle, elle se montre d'une grande gentillesse.

C'est elle qui transmet à Jonathan la lettre dans laquelle Edmond interdit à quiconque de se rendre à la cave. Elle se laisse guider par son instinct, notamment avec le professeur Leduc dont elle s'est méfiée à juste titre puisqu'il projetait secrètement de voler l'*Encyclopédie*.

Aidée de Jason et de Daniel, elle parvient à démêler le mystère de la cave et rejoint la communauté.

Lucie Wells

Lucie est la femme de Jonathan et la mère de Nicolas. Elle est très dévouée à sa famille. Patiente, elle supporte l'obsession que nourrit son mari à propos de la cave, bien qu'elle tente en même temps de le raisonner. Lorsqu'il disparait, elle n'hésite pas à descendre à son tour au sous-sol, bien décidée à retrouver son mari. Elle parvient à passer tous les obstacles de la cave et rejoint la communauté souterraine.

Nicolas Wells

Le fils de Jonathan et Lucie se passionne pour les extraterrestres et rêve d'aventures. Anéanti par le décès de son chien Ouarzazate (dévoré par les rats de la cave) et énervé par les disputes de ses parents à ce sujet, il se sent incompris. Les excursions de son père au sous-sol n'arrangeant rien, il se réfugie davantage dans le monde virtuel.

Envoyé dans un orphelinat à la suite de la disparition de ses parents, il refuse d'abandonner sa famille et, courageusement, descend à leur recherche dans la cave, en dépit des mises en garde et des disparitions. Il parvient également à rejoindre la communauté.

Le professeur Leduc

Leduc est un scientifique qui étudie le comportement des fourmis. Cependant, sa motivation est toute autre que celle qui animait Edmond : ce dernier cherchait seulement, en érudit, à comprendre le fonctionnement des fourmis, lorsque Leduc « veut modifier l'humanité en copiant sous un certain angle les mœurs des animaux » (p. 287). Dans cette optique, il est prêt à tout pour s'approprier les recherches de son confrère.

Il incarne la science mise au service d'un projet totalitaire de transformation de l'homme. Son incapacité à résoudre l'énigme le rend par ailleurs indigne de connaitre la vérité. Il se réclame de l'école d'éthologie allemande, fascinée par le « sens du territoire, la discipline » (p. 287) des insectes, qu'Edmond condamnait fermement.

Jason Bragel et Daniel Rosenfeld

Jason est le meilleur ami d'Edmond et a travaillé sur les bactéries, tandis que Daniel est un vieil entomologiste « souriant » et « volubile » (p. 74). Daniel Rosenfeld raconte avec grand plaisir les aventures qu'il a vécues avec Edmond en Afrique lorsqu'ils étudiaient l'espèce des magnans (nom usuel des fourmis de visite africaines).

Tous deux jouent le rôle d'adjuvants en aidant Augusta à comprendre les mystères de la cave afin de retrouver les siens. Ils accompagnent la vieille dame jusqu'au bout et deviennent des membres de la communauté. Rosenfeld a ainsi la chance de déterminer si les fourmis sont anarchistes, comme il le pense, en disciple de l'école d'éthologie dite « italienne ».

Le commissaire Bilsheim et l'inspecteur Galin

Cette équipe de policiers reçoit systématiquement les « coups pourris » (p. 123). Le commissaire fait preuve de psychologie et se montre compréhensif. Quant à l'inspecteur, il est particulièrement enthousiaste, au point de passer pour un pervers aux yeux de son chef, car plus les faits sont étranges, plus il les apprécie. Ils parviennent à passer tous les obstacles de la cave et Galin devient même un spécialiste en champignons sous terre.

Solange Doumeng

Directrice de la police judiciaire, elle est peu appréciée de ses subalternes et souhaite inspirer la crainte. Incompétente insensible et carriériste, elle souhaite en finir au plus vite avec l'affaire et pousse le commissaire à boucler l'enquête, provoquant ainsi la disparition de plusieurs personnes.

LES FOURMIS

327ᵉ

327ᵉ est un jeune mâle reproducteur. Au cours du récit, il tient plusieurs rôles : il réveille les autres fourmis, répare la fourmilière et participe à la chasse. Bouleversé par la mort brutale de ses congénères lors de l'expédition, il est prêt à tout pour élucider ce mystère et prévenir la cité du danger imminent. Toutefois, sa volonté de faire triompher son avis personnel envers et contre tous cause sa perte car, dans une fourmilière, la collectivité prévaut sur l'individu.

56ᵉ

Cette fourmi femelle, jeune vierge, est la première à croire 327ᵉ : elle lui vient en aide en lui fournissant des phéromones passeports (qui permettent à une fourmi d'être reconnue par ses semblables comme membre d'une même communauté), puis en menant l'enquête avec lui.

Comme les autres fourmis sexuées, elle ne connait rien du monde extérieur, mais nourrit une véritable curiosité à ce sujet. Courageuse, elle n'hésite pas à briser les tabous (comprendre le secret de la reine et ce qui se trame avec les fourmis à l'odeur de roche) ou à lutter pour sa survie après avoir été fécondée.

En tant que reine (elle se choisira pour nom « Chli-pou-ni ») d'une nouvelle cité, elle fait preuve d'un grand esprit d'innovation dans l'organisation de sa fourmilière. Têtue, elle n'abandonne pas l'idée de résoudre les mystères. Lorsque sa cité natale est détruite, elle devient la nouvelle Belo-kiu-kiuni et coupe tous les liens avec les humains.

103 683[e]

Cette fourmi soldate asexuée mène avec 327e et 56e l'enquête sur les fourmis à l'odeur de roche et réunit un groupe de guerrières prêtes à les aider. Après la séparation des trois fourmis, elle continue à mener l'enquête, mais devient progressivement une exploratrice à la recherche du bout du monde. Elle passe tous les obstacles (termitière, escargot, etc.), aidée par la fourmi 400e, une vieille guerrière malade. Face à cet autre univers (une route, un terrain de golf), elle renonce : « Cet univers est bien trop différent pour être supportable » (p. 267), et retourne parmi les siens pour révéler ce qu'elle a vu.

Belo-kiu-kiuni

Belo-kiu-kiuni est la reine de Bel-o-kan et la mère de toutes les fourmis. Elle pense avant tout aux aspects pratiques de la fourmilière, tant en ce qui concerne sa construction que par rapport aux tâches. Communauté et pragmatisme sont ses maitres mots, ce qui l'amène à éliminer tout ce qui pourrait nuire à la cité, dont le stress : elle a mis en place un système de régulation avec les fourmis de roche. Celles-ci permettent aussi de protéger un secret : la communication avec les humains. La reine s'intéresse aux technologies humaines et, vu sa longue expérience, s'apparente à une figure de sage.

CLÉS DE LECTURE

UN ROMAN AUX MULTIPLES GENRES

Les Fourmis est à la croisée de nombreux genres. Le roman est à la fois :

- **un thriller**. Tout le récit est soutenu par une tension (qu'est-il arrivé aux humains disparus et que vont devenir les fourmis que l'on suit ?) qui maintient un certain suspense tout au long de l'ouvrage. L'auteur utilise également certaines techniques pour accélérer le rythme de l'histoire, comme les ellipses ;
- **un conte philosophique**. Bernard Werber prend les aventures de ses héros (en particulier les fourmis) comme prétexte pour livrer ses idées sur la politique, la morale, la philosophie et l'écologie ;
- **une œuvre de science-fiction**. Le roman de Werber ne mentionne pas de date. Il s'agit d'un récit d'anticipation basé sur des faits présentés comme scientifiques et donc possibles : une rencontre d'un genre nouveau entre hommes et animaux. Par ailleurs, le nom de famille « Wells » rappelle l'un des pères de la science-fiction, Herbert George Wells (écrivain britannique, 1866-1946) ;
- **une œuvre à la limite du fantastique**. Bien qu'aucun élément étranger au monde quotidien ne soit introduit dans le récit (un monstre, un vampire, etc.), il règne néanmoins dans le roman une atmosphère de fantastique, de mystérieux. Les disparitions dans la cave, la « terre maudite » (p. 259) des fourmis, sont autant d'éléments qui semblent inexplicables et qui instillent une hésitation

chez le lecteur quant à la nature de ces évènements. Toutefois, la fin du roman délivre des explications rationnelles : les disparitions sont dues aux obstacles, la « terre maudite » est en réalité une route et un golf où les insectes ne trouvent aucune nourriture et se font systématiquement écraser. En réalité, l'atmosphère fantastique ou mystérieuse du roman repose sur un jeu de perspective et d'échelle grâce auquel Werber transforme ce qui nous parait le plus minuscule, banal, quotidien, en quelque chose de fantastique, voire de monstrueux (les insectes, le golf, la route) ;

- **un roman policier**. Les fourmis 327e, 56e et 103 683e entrainent le lecteur dans leurs recherches pour démasquer le ou les coupables (les fourmis à l'odeur de roche et Belo-kiu-kiuni) de plusieurs exécutions de fourmis. Cette investigation trouve un écho dans l'enquête qui se déroule chez les humains à la suite des nombreuses disparitions qui nécessitent l'intervention de la police ;
- **une étude scientifique**. La description des fourmis, de leur mode de vie et de leur comportement, ainsi que l'utilisation de termes ou d'informations scientifiques attestent de la connaissance et des recherches scientifiques menées et vulgarisées par l'auteur.

Outre la diversité des genres, le roman fait également référence à :

- **l'ésotérisme, la spiritualité et la mystique**. Sur le trajet vers le laboratoire secret d'Edmond, les visiteurs trouvent plusieurs textes : l'un fait référence à l'alchimie (science occulte qui cherche notamment à transformer certains métaux et à créer un élixir de longue vie), le deuxième est l'extrait d'un texte de l'écrivain grec Plutarque (v. 50 – v. 125) sur l'âme, et le troisième est un passage du livre attribué à Énoch, arrière-grand-père de Noé, reconnu comme étant l'un des textes de l'Ancien Testament par l'Église éthiopienne orthodoxe uniquemment. Tous ces textes sont à destination de ceux qui cherchent à percer le mystère de la cave ;

- **l'épopée**. Comme en témoigne le titre du chapitre III, « Trois odyssées » (qui renvoie à Homère [poète épique grec, né au VIIIe siècle av. J.-C.], auteur de l'*Odyssée*, un poème qui raconte les aventures d'Ulysse), le récit consiste à suivre le parcours et les exploits de quelques fourmis, notamment dans les scènes de bataille et dans la découverte des frontières de leur monde ;

- **l'utopie**. Werber nous présente la cité des fourmis sur le mode des récits utopiques : l'économie de la fourmilière est uniquement agricole (la culture de champignons), l'ordre règne (la fourmilière est organisée par étages et par fonctions), tout le monde doit travailler, le temps est figé et le passé semble lointain. La cité est en réalité organisée de façon autoritaire, voire totalitaire puisqu'il n'y pas de place pour l'individualisme et les choix personnels (comme l'illustre l'aventure de 327e et de 56e à propos des fourmis à l'odeur de roche).

En décomplexant son propos par la mobilisation de ces différents registres de discours (l'humour, le policier, la science-fiction, etc.), tout en délivrant des informations scientifiques, Bernard Werber permet d'approcher la réalité du monde des fourmis sans jamais prétendre ni la saisir complètement ni la fantasmer. Le lecteur prend ainsi conscience de la complexité de ce monde minuscule, qui n'a rien à envier à celle des sociétés humaines.

UNE ŒUVRE « RELATIVE ET ABSOLUE »

Les Fourmis fait référence, tout au long du roman, à l'*Encyclopédie du savoir relatif et absolu* rédigée par Edmond Wells. Une encyclopédie est, par définition, une « œuvre dans laquelle sont recueillies et ordonnées systématiquement des notions de toutes les disciplines ou d'une discipline en particulier » (*Encyclopédie de la littérature*, Paris, Librairie générale française, coll. « La Pochothèque », 2004, p. 476). Il s'agit donc d'un ouvrage qui prétend à l'exactitude et à l'exhaustivité.

Or, en précisant que le savoir qu'elle délivre est « relatif et absolu », Werber avertit son lecteur que l'encyclopédie qu'il présente n'en est pas une au sens classique du terme. En effet, « relatif » se définit ainsi : « Qui dépend d'une autre notion, d'un autre critère et qui ne peut être défini que par rapport à eux, par opposition à absolu » (« Relatif », in *larousse.fr*, consulté le 25 avril 2017). Le dictionnaire indique qu'« absolu » est donc l'antonyme de « relatif ».

Ainsi, l'œuvre de l'oncle de Jonathan est une encyclopédie qui contient des idées qui sont à la fois autonomes et interdépendantes les unes des autres. Le lecteur sait, avant même que le livre soit ouvert, que les informations qu'il délivre n'auront pas pour effet de le conduire à une maitrise du sujet, mais au contraire d'ébranler ses propres certitudes et prétentions à ce propos. L'effet de l'*Encyclopédie* de Wells fait donc l'inverse de ce qu'on en attend : plutôt que de nous conduire au savoir absolu, elle nous mène vers la relativisation de tout ce qu'on croyait savoir.

Cette encyclopédie qui n'en est pas une est un clin d'œil de l'auteur à son lectorat, une façon de jouer avec lui tout en le faisant sourire. Werber renoue alors avec l'une des principales fonctions de l'humour dans une œuvre de fiction : « Le meilleur humour provoque d'ailleurs la réflexion, le doute, la critique et l'introspection » (BOURQUE J., *L'Humour et la Philosophie*, Paris, L'Harmattan, coll. « Ouverture philosophique », 2010, p. 9).

LE STYLE DE BERNARD WERBER

Le narrateur est omniscient et omniprésent. Il apparait comme un dieu qui verrait tout ce qui se passe et qui choisit de nous donner uniquement les informations qu'il désire.

Tout au long de l'histoire, l'auteur fait régner le mystère et le suspense en :

- nous proposant de suivre deux histoires en parallèle, racontées sous forme de séquences courtes, basculant de l'une à l'autre aux moments les plus critiques. Aussi les histoires sont entrecoupées d'articles de l'*Encyclopédie du savoir absolu et relatif* d'Edmond Wells afin d'entretenir l'attente du lecteur, avide de connaitre le sort réservé aux fourmis et aux humains dont il suit les aventures ;
- accélérant le rythme de la narration par l'utilisation de phrases courtes, en diminuant la taille des chapitres ou en introduisant des accumulations (« Nuée. Ruée.

Coulée », p. 142 ; « Prise. Surprise. Méprise », p. 143) ;

- laissant planer le doute par la décomposition de certaines actions, comme l'incendie final par les deux enfants ;
- recourant à des analepses (retours en arrière) qui rendent la notion du temps floue ;
- évinçant les personnages susceptibles de nous apporter des réponses (327e, Jonathan, etc.) ;
- utilisant des amorces de séquences, entrecoupées par des extraits de l'*Encyclopédie*, pour susciter et maintenir l'attention du lecteur ;
- brouillant la frontière entre la fiction et la réalité, par la mise en abyme et l'imitation du style des énoncés scientifiques. Par exemple, il n'hésite pas à citer, sur la page des remerciements qui précède le début du roman, un extrait de l'*Encyclopédie* d'Edmond Wells, laissant accroire au lecteur qu'il s'agit d'un personnage réel.

DES LIEUX RÉELS ET SYMBOLIQUES

Plusieurs lieux de l'histoire sont fortement symboliques :

La cave

De nombreux éléments laissent à penser que la cave symbolise quelque chose comme l'inconscient des personnages, c'est-à-dire un lieu très protégé dans lequel chacun affronte ses peurs enfouies, personnifiées par des figures monstrueuses, bute sur des énigmes et se confronte à des éléments d'une histoire commune.

Ainsi, la cave apparait tour à tour comme :

- un lieu tabou (« SURTOUT NE JAMAIS ALLER À LA CAVE », p. 21) dont la transgression a des conséquences funestes : la mort du chien, suivie de la disparition d'à peu près tous les protagonistes. C'est donc un lieu nimbé de mystère et fondamentalement inquiétant : « J'avais peur moi aussi. [...] Tout le monde se serait arrêté à ma place. [...] C'est si sombre. C'est la mort. » (p. 59), déclare Jonathan après sa première visite ;
- un endroit protégé par les nombreuses épreuves imaginées par Edmond Wells et mises en place par Jonathan (parmi lesquelles, résoudre des énigmes, survivre à la meute de rats agressifs, passer à travers la nasse, etc.). Elles servent à tester le courage de ceux qui s'y aventurent dans un but bien précis : que seuls ceux qui sont dignes de découvrir le secret d'Edmond Wells y parviennent. La cave devient alors un lieu d'initiation dans lequel il faut affronter des obstacles physiques et faire face à ses propres peurs ;
- un espace chargé d'histoire puisque nous apprenons qu'il a servi aux protestants au XVIIe siècle, persécutés à cause de leurs croyances ;
- un lieu évocateur de l'apparition de la vie par son architecture : mentionnons l'escalier en colimaçon « comme une hélice d'ADN » (p. 131) et le cône de la nasse qui fait allusion à l'accouchement.

Les fourmilières de Bel-o-kan et Chli-pou-kan

D'abord décrites comme s'il s'agissait de lieux pour les humains, on découvre qu'il s'agit en réalité de fourmilières.

Dans les deux cas, ce sont avant tout des lieux de travail et de vie extrêmement organisés et construits de manière pratique, voire moderne (le système de transport par eau à Chli-pou-kan).

Bel-o-kan tient cependant une place un peu particulière : c'est la cité mère, la « plus grande ville de la région » (p. 12). Son centre vital est la Cité interdite, une allusion à la cité impériale de Pékin (le palais où séjournaient l'empereur de Chine et sa famille, interdit au peuple). De la même manière, chez les fourmis, ce lieu est le siège du pouvoir, hautement gardé et protégé par des portes difficilement franchissables, et son architecture est remarquable en ceci qu'elle maximise les ressources de son environnement (un solarium pour la chaleur, une pierre de granite pour cacher la cité secrète, etc.). Elle constitue également le point de contact entre les humains et les fourmis.

La forêt

Bel-o-kan se situe en réalité dans la forêt de Fontainebleau. À l'instar de son rôle dans les contes, elle apparait comme un lieu dangereux où règnent des prédateurs (la truite, l'araignée, etc.). C'est un monde aussi mystérieux pour le lecteur qui le redécouvre sous un autre angle que pour les fourmis qui cherchent à en atteindre le bout.

UNE RÉFLEXION SUR LA PLACE ET LE COMPORTEMENT DE L'HOMME

Dans son roman, Bernard Werber compare les hommes et les fourmis. Avant même de commencer le livre, l'article d'Edmond Wells que l'auteur cite en exergue montre que ces deux groupes sont des sociétés qui se ressemblent : comparer les fourmis aux hommes nous permet donc d'en apprendre plus sur nous-mêmes.

Le roman nous livre tout d'abord un message écologique. En effet, en lisant les aventures des fourmis, nous comprenons combien le développement de l'homme peut avoir des effets dévastateurs sur le monde, notamment sur celui des fourmis. Il évoque également le dérèglement climatique et ses conséquences sur la faune et la flore.

Ensuite, en évoquant les systèmes politiques chez les fourmis – les royautés (Bel-o-kan et Chli-pou-kan), et les régimes totalitaires (les fourmis esclavagistes) –, Werber amène le lecteur à se questionner sur la politique, mais également sur la société, et en particulier sur les valeurs morales qui y sont associées. Il nous apprend notamment que « les humains sont en effet une des rares espèces à être capables d'abandonner ou de maltraiter leur progéniture » (p. 149-150) et que « [c]hez les fourmis, on ne tue jamais gratuitement » (p. 242).

Enfin, les descentes des différents personnages dans la cave, mais aussi l'incompréhension des fourmis face à des phénomènes qui les dépassent, nous poussent à relativiser la place centrale et supérieure que l'homme s'accorde sur Terre. Edmond Wells s'interroge d'ailleurs : « Si nous étions nous aussi installés dans quelque aquarium prison et sur-veillés par une autre espèce géante ? » (p. 161)

Chez Werber, l'insecte n'est donc pas un symbole ou un masque pour parler de l'homme (comme c'est presque toujours le cas dans le bestiaire de la littérature). La fourmi est un autre être (un objet d'étude pour Edmond, quelque chose d'observable, d'extérieur, qui suppose un dispositif pour entrer en contact avec lui), mais un autre être dans lequel l'homme peut se retrouver et duquel il peut apprendre beaucoup. À la lecture, on pense d'abord avoir affaire à un tout autre que nous (quoi de plus éloigné de l'homme qu'un insecte minuscule), avant de découvrir que cet autre nous est proche, et qu'il est peut-être même une source de connaissance.

À LA RECHERCHE D'UNE SOCIÉTÉ IDÉALE ?

Bernard Werber oppose deux sociétés dans son roman, celle des fourmis et celle des hommes. Cette construction invite implicitement le lecteur à élire l'une des deux meilleure que l'autre. Or les représentations ne sont pas équitablement distribuées, car il semble exister un présupposé de l'auteur d'après lequel les fourmis ont réussi à créer une société parfaite où les inégalités n'existent pas, où chacun travaille pour le bien de tous.

En ce sens, le roman de Werber se rapprocherait du genre de l'utopie. Ce genre « se caractérise par la description d'une société imaginaire exemplaire, à l'organisation rationnelle parfaite. L'utopie est un monde figé, sans changement ou évolution » (*Encyclopédie de la littérature, op. cit.,* p. 1 657-1 658). Toutefois, l'utopie n'en est pas vraiment une puisqu'on apprend que le maintien d'un tel système rationnel et collectif suppose l'élimination de la singularité et de la nouveauté. C'est pourquoi la première reine Belo-kiu-kiuni, avait fait le choix de garder secret le contact noué avec un humain et avait engagé une milice de fourmis tueuses (les fourmis à l'odeur de roche) afin d'éliminer tout spécimen trop curieux. C'est également le maintien de l'ordre établi qui pousse la seconde reine Belo-kiu-kiuni à rompre le contact avec les humains.

Ainsi, cette société que l'on croit d'abord parfaite fonctionne en réalité comme un système totalitaire où toutes les oppositions potentielles sont supprimées. Ces deux régimes politiques sont défendus dans les deux écoles d'éthologie dites « allemande » (école incarnée par Leduc, pour qui les fourmis s'organisent en castes) et « italienne » (incarnée par Rosenfeld, pour qui les fourmis sont anarchistes). Les deux hommes débattent lors d'une émission télévisée afin de déterminer quel est le régime politique en vigueur chez les fourmis : une dictature ou une société communautaire ?

Faut-il en déduire que la société humaine est la meilleure ? À cette question, Edmond Wells répond dans son *Encyclopédie* : « Les deux espèces leaders ont pris des voies de développement parallèles. » (p. 298) Les hommes et les fourmis ont opté pour des évolutions si différentes qu'elles ne sont pas comparables. Le fait de projeter sur la société myrmécéenne (du grec *myrmex*, qui veut dire fourmi) des fonctionnements humains ne peut pas aider à les comprendre, encore moins à les comparer.

C'est ce constat qui constitue le sujet du dernier extrait de l'*Encyclopédie* selon Wells : « Je me suis trompé. Nous

ne sommes pas égaux, nous ne sommes pas concurrents »
(p. 304), car trop différents.

C'est en ce sens, et malgré les sentiments et émotions humains qu'il accorde à certaines fourmis pour accrocher son
lecteur, que l'on peut parler d'un antianthropomorphisme
chez Werber. En effet, l'auteur refuse, par la voix de Wells,
de plaquer l'humain sur l'animal et laisse, à la fin de son
ouvrage, la fourmi à son altérité (la communication est
définitivement rompue). L'effort de tout le roman aura donc
consisté en une relativisation de la plus haute place que
l'homme s'accorde spontanément dans le règne du vivant
en faisant découvrir au lecteur la complexité du mode de vie
d'un insecte en apparence aussi insignifiant que la fourmi.

DIVERSES REPRÉSENTATIONS DES FOURMIS

Si les représentations d'animaux mammifères sont très fré-
quentes dans la littérature, les arts plastiques ou le cinéma,
les insectes sont beaucoup plus rares. Pourtant, la fourmi
est certainement l'insecte qui a le plus intéressé l'homme,
fasciné par son attitude de travailleuse infatigable, uniquement déterminée par l'instinct de préservation de l'espèce.
C'est la morale développée par Jean de la Fontaine (poète
français, 1621-1695) dans sa fable intitulée *La Cigale et la
Fourmi* (1668) : la cigale est, en hiver, condamnée à la famine
lorsque la fourmi, en insecte prévoyant, industrieux et peu
enclin à la distraction, a passé l'été à remplir ses greniers
de vivres.

Le cinéma s'est aussi emparé du potentiel que recèle la
figure de l'insecte, cet être en apparence insignifiant et

minuscule, qui prend soudain un tout autre relief dans le regard de l'homme lorsqu'il change d'échelle et projette sur elle ses propres sentiments et aspirations humains. C'est justement le point de départ du film d'animation *FourmiZ* (1998), que certaines rumeurs présentent comme une adaptation du roman de Bernard Werber : le héros, une fourmi nommée Z, se sent parfaitement insignifiant, perdu dans la multitude de la fourmilière. Z échange alors de caste avec une princesse pour partir faire la guerre aux termites et vivre ainsi une aventure qui lui donnera l'impression d'être différente de ses sœurs. À noter que la même année est sorti le film *1001 pattes* mettant aussi en scène des fourmis. Plus récemment (en 2006), *Lucas, fourmi malgré lui* présente les aventures d'un jeune garçon transformé en insecte.

Les exemples déjà cités montrent la société myrmécéenne de façon plutôt bienveillante, les films d'animation étant destinés à un jeune public. De nombreux films de science-fiction ou s'adressant à un public plus âgé s'intéressent quant à eux au potentiel destructeur des fourmis. *Quand la marabunta gronde* (1954) est inspiré par l'espèce dite « fourmi légionnaire » qui ravage tout sur son passage. L'influence des activités humaines sur la nature est aussi à l'œuvre dans *Des monstres attaquent la ville* (1954) ou dans *L'Empire des fourmis géantes* (1977) : la pollution et le nucléaire ont engendré des créatures redoutables qui s'attaquent à l'homme.

Avec *Les Fourmis*, Bernard Werber livre une œuvre atypique qui réussit à divertir le lecteur tout en lui donnant matière à réflexion.

Le roman est maintenant inscrit dans certains programmes scolaires, à la fois en français, en mathématique et en philosophie.

PISTES DE RÉFLEXION

QUELQUES QUESTIONS POUR APPROFONDIR SA RÉFLEXION...

- Comment interprétez-vous la fin du roman ?
- Étudiez la notion de dieu dans le roman.
- En quoi le roman *Les Fourmis* est-il représentatif de l'œuvre en général de Bernard Werber ?
- Pourquoi avoir inséré des articles de l'*Encyclopédie du savoir absolu et relatif* d'Edmond Wells dans le roman ?
- La devise d'Edmond Wells « Il faut penser différemment, si on réfléchit comme d'habitude on n'arrive à rien » (p. 19) résume bien l'œuvre. Pourquoi ?
- Dressez un tableau montrant que les histoires et les personnages évoluent de manière parallèle.
- Pourquoi avoir choisi des fourmis comme héroïnes de ce roman ? Quelle(s) conséquence(s) cela a-t-il ? Quel(s) rôle(s) joue(nt) les animaux dans la littérature ?
- Quelle vision de la mort propose Bernard Werber ? S'agit-il d'une conception religieuse ?
- Définissez ce qu'est la mise en abyme. En quoi cet effet miroir structure-t-il l'ensemble du roman ?
- À votre avis, « l'avenir appartient[-il] aux spécialistes » (p. 37) ?

POUR ALLER PLUS LOIN

ÉDITION DE RÉFÉRENCE

- WERBER B., *Les Fourmis*, Paris, Le Livre de Poche, 1991.

ÉTUDES DE RÉFÉRENCE

- *Encyclopédie de la littérature*, Paris, Librairie générale française, coll. « La Pochothèque », 2004.
- BOURQUE J., *L'Humour et la Philosophie*, Paris, L'Harmattan, coll. « Ouverture philosophique », 2010.
- MARTINETTI A., *Bernard Werber. Le roi des fourmis*, Paris, Gutenberg, 2009.
- MILLET G., *Étude sur* Les Fourmis *de Bernard Werber*, Paris, Ellipses, coll. « Résonnances », 2007.
- « Relatif », in *larousse.fr*, consulté le 25 avril 2017, http://www.larousse.fr/dictionnaires/francais

ADAPTATION

- *Les Fourmis*, bande dessinée de Bernard Werber et Patrice Serres, Albin Michel, coll. « L'Écho des savanes », 1994.

Retrouvez notre offre complète sur lePetitLittéraire.fr

- des fiches de lectures
- des commentaires littéraires
- des questionnaires de lecture
- des résumés

ANOUILH
- Antigone

AUSTEN
- Orgueil et Préjugés

BALZAC
- Eugénie Grandet
- Le Père Goriot
- Illusions perdues

BARJAVEL
- La Nuit des temps

BEAUMARCHAIS
- Le Mariage de Figaro

BECKETT
- En attendant Godot

BRETON
- Nadja

CAMUS
- La Peste
- Les Justes
- L'Étranger

CARRÈRE
- Limonov

CÉLINE
- Voyage au bout de la nuit

CERVANTÈS
- Don Quichotte de la Manche

CHATEAUBRIAND
- Mémoires d'outre-tombe

CHODERLOS DE LACLOS
- Les Liaisons dangereuses

CHRÉTIEN DE TROYES
- Yvain ou le Chevalier au lion

CHRISTIE
- Dix Petits Nègres

CLAUDEL
- La Petite Fille de Monsieur Linh
- Le Rapport de Brodeck

COELHO
- L'Alchimiste

CONAN DOYLE
- Le Chien des Baskerville

DAI SIJIE
- Balzac et la Petite Tailleuse chinoise

DE GAULLE
- Mémoires de guerre III. Le Salut. 1944-1946

DE VIGAN
- No et moi

DICKER
- La Vérité sur l'affaire Harry Quebert

DIDEROT
- Supplément au Voyage de Bougainville

DUMAS
- Les Trois Mousquetaires

ÉNARD
- Parlez-leur de batailles, de rois et d'éléphants

FERRARI
- Le Sermon sur la chute de Rome

FLAUBERT
- Madame Bovary

FRANK
- Journal d'Anne Frank

FRED VARGAS
- Pars vite et reviens tard

GARY
- La Vie devant soi

GAUDÉ
- La Mort du roi Tsongor
- Le Soleil des Scorta

GAUTIER
- La Morte amoureuse
- Le Capitaine Fracasse

GAVALDA
- 35 kilos d'espoir

GIDE
- Les Faux-Monnayeurs

GIONO
- Le Grand Troupeau
- Le Hussard sur le toit

GIRAUDOUX
- La guerre de Troie n'aura pas lieu

GOLDING
- Sa Majesté des Mouches

GRIMBERT
- Un secret

HEMINGWAY
- Le Vieil Homme et la Mer

HESSEL
- Indignez-vous !

HOMÈRE
- L'Odyssée

HUGO
- Le Dernier Jour d'un condamné
- Les Misérables
- Notre-Dame de Paris

HUXLEY
- Le Meilleur des mondes

IONESCO
- Rhinocéros
- La Cantatrice chauve

JARY
- Ubu roi

JENNI
- L'Art français de la guerre

JOFFO
- Un sac de billes

KAFKA
- La Métamorphose

KEROUAC
- Sur la route

KESSEL
- Le Lion

LARSSON
- Millenium I. Les hommes qui n'aimaient pas les femmes

LE CLÉZIO
- Mondo

LEVI
- Si c'est un homme

LEVY
- Et si c'était vrai…

MAALOUF
- Léon l'Africain

MALRAUX
- La Condition humaine

MARIVAUX
- La Double Inconstance
- Le Jeu de l'amour et du hasard

MARTINEZ
- Du domaine des murmures

MAUPASSANT
- Boule de suif
- Le Horla
- Une vie

MAURIAC
- Le Nœud de vipères

MAURIAC
- Le Sagouin

MÉRIMÉE
- Tamango
- Colomba

MERLE
- La mort est mon métier

MOLIÈRE
- Le Misanthrope
- L'Avare
- Le Bourgeois gentilhomme

MONTAIGNE
- Essais

MORPURGO
- Le Roi Arthur

MUSSET
- Lorenzaccio

MUSSO
- Que serais-je sans toi ?

NOTHOMB
- Stupeur et Tremblements

ORWELL
- La Ferme des animaux
- 1984

PAGNOL
- La Gloire de mon père

PANCOL
- Les Yeux jaunes des crocodiles

PASCAL
- Pensées

PENNAC
- Au bonheur des ogres

POE
- La Chute de la maison Usher

PROUST
- Du côté de chez Swann

QUENEAU
- Zazie dans le métro

QUIGNARD
- Tous les matins du monde

RABELAIS
- Gargantua

RACINE
- Andromaque
- Britannicus
- Phèdre

ROUSSEAU
- Confessions

ROSTAND
- Cyrano de Bergerac

ROWLING
- Harry Potter à l'école des sorciers

SAINT-EXUPÉRY
- Le Petit Prince
- Vol de nuit

SARTRE
- Huis clos
- La Nausée
- Les Mouches

SCHLINK
- Le Liseur

SCHMITT
- La Part de l'autre
- Oscar et la
  Dame rose

SEPULVEDA
- Le Vieux qui
  lisait des romans
  d'amour

SHAKESPEARE
- Roméo et Juliette

SIMENON
- Le Chien jaune

STEEMAN
- L'Assassin
  habite au 21

STEINBECK
- Des souris et
  des hommes

STENDHAL
- Le Rouge et
  le Noir

STEVENSON
- L'Île au trésor

SÜSKIND
- Le Parfum

TOLSTOÏ
- Anna Karénine

TOURNIER
- Vendredi ou
  la Vie sauvage

TOUSSAINT
- Fuir

UHLMAN
- L'Ami retrouvé

VERNE
- Le Tour
  du monde
  en 80 jours
- Vingt mille
  lieues sous
  les mers
- Voyage au
  centre de
  la terre

VIAN
- L'Écume des jours

VOLTAIRE
- Candide

WELLS
- La Guerre des
  mondes

YOURCENAR
- Mémoires
  d'Hadrien

ZOLA
- Au bonheur
  des dames
- L'Assommoir
- Germinal

ZWEIG
- Le Joueur
  d'échecs

ISBN version numérique : 978-2-8062-9667-2
ISBN version papier : 978-2-8062-9668-9
Dépôt légal : D/2017/12603/226

Avec la collaboration de Johanna Biehler pour le chapitre du résumé « Le secret de la reine », ainsi que pour les chapitres « Une œuvre "relative et absolue" », « À la recherche d'une société idéale » et « Diverses représentations des fourmis ».

Conception numérique : Primento,
le partenaire numérique des éditeurs.

Ce titre a été réalisé avec le soutien de la Fédération Wallonie-Bruxelles, Service général des Lettres et du Livre.